Patrick Bousquet

Bleu

La nuit du Vengeur

Editions Serpenoise

BP 70090 - 57004 Metz Cedex 1
ISBN 978-2-87692-830-5

À tous ceux dont les blessures ne saignent pas forcément …

À Maman, à Scot, à Twiny, les absents …
À Anne et à Mélanie, les présentes …

Remerciements à Gerhart Dehan, à Régis Hector et à Aline Boucheron, pour leurs remarques et leurs conseils avisés, lors de la rédaction de cet ouvrage.

Ce livre, qui s'appuie sur une documentation rigoureuse, est une œuvre de fiction.

9 septembre 1916. Sur le front de Verdun.

Prostré dans le renfoncement d'un long boyau protégé par des barbelés et des sacs de sable, l'homme, la tête entre ses mains, sanglotait.

Indifférent aux explosions d'obus qui, de temps à autre, illuminaient l'obscurité de lueurs sinistres, il semblait désespéré.

Il avait pourtant essayé de se raisonner. En vain.

Ce qu'il venait d'apprendre de la bouche d'une sentinelle, au cours d'une banale conversation, lors d'une interminable nuit de veille, l'avait littéralement foudroyé…

Crucifié sur place…

Il avait d'abord joué l'indifférence.

Puis feint la surprise et l'incrédulité.

L'autre avait insisté…

À la limite de l'évanouissement, l'homme avait alors fait de son mieux pour dissimuler sa colère et son chagrin.

Un peu plus tard, prétextant un soudain mal de ventre, il s'était rapidement éloigné à la recherche d'un endroit isolé.

Afin de pleurer tout son saoul…

Si quelqu'un l'avait surpris dans cette attitude il aurait pensé que ses larmes étaient sans doute dues à la lassitude d'une guerre dont il ne voyait pas la fin, aux souffrances endurées au quotidien, à la mort d'un camarade fauché par une balle ennemie, ou encore à la tension nerveuse provoquée par un assaut particulièrement meurtrier.

Mais ce quelqu'un se serait trompé.

Du tout au tout.

Il aurait même été à des années-lumière de comprendre l'ouragan qui, à cet instant précis, ravageait le cœur et le corps de l'inconnu.

Un ouragan qui, bientôt, allait le faire basculer dans une folie meurtrière…

1

Une macabre découverte

Paris. 28 septembre 1916.

Le soldat avait obtenu une permission exceptionnelle de trois jours.

Une permission que ses chefs lui avaient accordée, ainsi qu'à plusieurs autres combattants pour le récompenser de sa bravoure, lors de la dernière attaque lancée contre les Allemands sur le front de Verdun.

L'homme en avait profité pour venir à Paris.

Arrivé la veille au soir dans un train surchargé de blessés en provenance de Bar-le-Duc, il avait pris pension au *Robespierre*, un hôtel meublé, bon marché, situé dans le quartier de la Bastille.

Un établissement qu'il n'avait pas quitté depuis, refusant les invitations de ses camarades désireux de l'entraîner dans les différents lieux de plaisirs de la capitale, pour tenter de lui faire oublier les horreurs de la guerre.

L'homme avait d'autres projets…

Plus personnels…

Allongé sur son lit étroit et peu confortable, les yeux grands ouverts dans la pénombre de la chambre dont il avait tiré les rideaux, l'inconnu sentit, tout à coup, monter en lui une rage sourde, une colère violente contre l'humanité tout entière.

Cela lui arrivait de plus en plus souvent, et les médicaments qu'un médecin militaire compatissant lui avait prescrits pour tenter de le soulager, ne lui faisaient que peu d'effet…

Dans ces moments-là, et sans qu'il puisse les contrôler, des visions insoutenables de combats meurtriers, de corps à corps à la baïonnette ou à la pelle de tranchée, de visages défigurés par des éclats d'obus, de corps démembrés ou de cadavres putréfiés rongés par les rats, lui revenaient en mémoire.

Peu après cependant, et comme il l'espérait, le regard très doux et le sourire d'une jeune femme blonde, se superposa aux visions cauchemardesques qui défilaient dans sa tête.

Il jeta un coup d'œil à sa montre – une montre de précision récupérée quelques jours plus tôt sur le cadavre d'un officier ennemi – et soupira longuement.

Il serait bientôt 16 heures… Il y avait toutes les chances pour qu'Ernestine, sa petite *Coccinelle,* comme elle signait la plupart de ses lettres, soit chez elle.

Il décida de s'y rendre sans plus tarder.

Pour une visite surprise qui l'apaiserait peut-être…

L'homme se redressa d'un seul coup, puis, après avoir fait une rapide toilette, revêtit son uniforme bleu horizon.

Ernestine semblait tant apprécier la tenue militaire…

Après un dernier coup de peigne, et un ultime regard au miroir qui lui faisait face, pour vérifier son nœud de cravate, l'homme quitta la pièce avant de prendre la direction de la station de métro la plus proche.

Moins de vingt minutes plus tard, il se retrouva devant la porte cochère de l'immeuble cossu où vivait celle qui, depuis quelque temps, occupait toutes ses pensées…

Après s'être assuré que personne ne lui prêtait attention, il pénétra discrètement sous le porche.

Un rapide coup d'œil aux boîtes à lettres lui apprit que l'appartement de la jeune femme se trouvait au 3e étage.

En sifflotant, il emprunta l'escalier…

Aux alentours de cinq heures, Madame Lecuyer, la concierge de l'immeuble qui revenait de faire ses courses, l'aperçut en train de descendre les marches en courant, l'air bouleversé, les yeux hagards, en proie à la plus grande agitation.

L'expression qui défigurait son visage était telle que la malheureuse femme n'osa pas lui demander les raisons de sa présence dans le hall.

Le corps d'Ernestine Bertignac fut découvert, le soir même, par une voisine venue lui emprunter un peu de sucre.

L'inspecteur Renaudot, qui appartenait au commissariat du XIIe arrondissement, fut aussitôt chargé de l'enquête.

***

— Parlez-moi un peu de l'homme que vous avez aperçu dans la cage d'escalier, demanda Renaudot à la concierge après avoir fait les constatations d'usage.

— Inspecteur, cet individu m'a réellement fait très peur ! Il semblait comme possédé ! révéla-t-elle encore sous le coup de l'émotion. On aurait dit un véritable dément…

— Vous avez peut-être remarqué quelque chose qui nous permettrait de l'identifier rapidement ? continua le policier en sortant de sa poche un crayon et un petit carnet. Essayez de me le décrire.

Madame Lecuyer réfléchit quelques instants.

— Il était de taille moyenne. Il portait un uniforme de l'Infanterie. J'en suis sûre, mon fils a le même, précisa-t-elle. Il avait des cheveux bruns… Enfin, je crois…

— Vous n'en êtes pas certaine ?

— Ben non. Il avait un calot sur la tête…

— Cet individu avait-il des signes particuliers ? poursuivit l'inspecteur Renaudot. Une moustache ? Un grain de beauté ? Une ou plusieurs cicatrices ? Que sais-je encore ?

— J'peux pas vous dire. Vous savez, tout s'est passé si vite…

— Je comprends… Cet homme, insista le policier, il était gradé ?

— Je ne sais pas… Je ne crois pas… De toute façon, les grades, je n'y connais rien et je les confonds tous… Tout ce que je peux vous dire, c'est le chiffre qu'il portait sur le col de sa veste. Le 321… C'est facile à retenir puisque c'est 1, 2, 3, à l'envers.

— 321. Voilà qui nous sera peut-être très utile, la complimenta le policier en inscrivant le renseignement. Madame Lecuyer, conclut-il peu après, en s'écartant pour laisser passer deux hommes transportant un brancard, vous passerez demain après-midi au commissariat pour signer votre déposition. En attendant, si quelque chose vous revenait en mémoire, même le plus petit détail, n'hésitez pas à…

— Comptez sur moi, affirma la concierge en se dirigeant d'un pas fatigué vers sa loge. Mademoiselle Bertignac, ajouta-t-elle, était une jeune femme si douce, si aimable, si attentive aux autres… C'est vraiment un grand malheur. J'espère, Monsieur l'Inspecteur, que vous trouverez rapidement le coupable de ce crime odieux.

⁂

Le journal froissé avait été abandonné sur la banquette d'un autobus.

À peine montée dans le véhicule, une vieille femme peu soignée et mal habillée s'en empara prestement, sous le regard indifférent de ses plus proches voisins, et l'ouvrit à la rubrique des *Faits divers*.

ASSASSINAT DANS LE XIIe ARRONDISSEMENT DE PARIS, lut-elle avec gourmandise après avoir mis ses lunettes dont un des verres était fendillé :

Hier soir, une jeune femme âgée d'une trentaine d'années a été retrouvée poignardée dans un appartement du 49 de l'avenue Daumesnil. Aucune trace d'effraction n'a été constatée par la police et le vol ne semble pas être le mobile du crime.

Plusieurs exemplaires de la revue « La Vie parisienne » *ont été retrouvés déchirés en fines lamelles, à proximité du corps de la victime. Ce détail n'a pas manqué d'intriguer les enquêteurs dépêchés sur place.*

Ces derniers privilégient la thèse d'un crime commis par un familier. Un militaire a été aperçu par la concierge au moment où il quittait précipitamment l'immeuble. Il est actuellement recherché.

Nous ne manquerons pas de tenir nos lecteurs informés de la suite donnée à cette dramatique affaire dans nos prochaines éditions.

⁂

Presque au même instant, au milieu de la cohue qui se pressait dans la gare de l'Est, après une permission qui lui avait laissé un goût de cendres dans le cœur, un soldat au visage osseux et au regard désabusé tomba sur le même article.

Il ne put s'empêcher de le parcourir avec un mélange de peur, d'émotion et de joie malsaine.

— La petite Ernestine, c'est la première, marmonna le militaire entre ses dents ! Maintenant, je vais m'occuper de vous tous, bande de salauds. Vous ne perdez rien pour attendre, faites-moi confiance !

Puis, il replia rageusement le quotidien avant de se diriger vers la voie 1 où l'attendait le train qui le ramènerait, le soir même, dans l'enfer de Verdun…

2

Sur la ligne de front

3 octobre 1916. 22 h 30. Quelque part dans le secteur de Verdun.

— Hé Besson, tu crois que ton chien, il aime le saucisson ? interrogea un fantassin à la voix éraillée en désignant un labrador noir, couché de tout son long sur la banquette de tir d'une tranchée. C'est une rosette de Lyon que ma femme a glissée dans son dernier colis, précisa-t-il. Un vrai régal !

— Bleu ? Tu plaisantes, il aime tout ! répondit en riant Jules Besson, un homme de haute taille au visage émacié encadré de cheveux noirs, qui se tenait près d'un brasero. Il a dû être très mal nourri avant notre rencontre. Depuis, il se rattrape… Parfois même un peu trop à mon goût ! Pas vrai, le chien ?

Bleu tourna le museau vers celui qui l'avait gentiment apostrophé et l'interrogea avec un regard gourmand.

— C'est incroyable ! reprit le soldat. On dirait qu'il attend ta permission pour…

— Bleu est un animal bien élevé, qu'est-ce que tu crois, Paulo ! Exceptionnellement, ce soir, fit Besson à l'adresse du labrador, tu as droit à un petit dessert !

Sans se faire prier, Bleu quitta son refuge inconfortable pour rejoindre le dénommé Paulo qui lui tendit un bout de son saucisson.

Peu après, tout en se léchant les babines, le labrador regagna son étrange couchette, alors que des obus recommençaient à exploser quelque part derrière la ligne de front.

— Une demi-heure sans le bruit des canons, c'était trop beau pour durer, reprit Paulo en se tassant frileusement contre un sac de sable posé sur une caisse à munitions.

— Les Boches sont plutôt calmes, ce soir, remarqua au même instant le lieutenant de Saint-Fiacre en sortant de son abri, une paire de jumelles à la main. Quelque chose à signaler, les gars ?

— Des obus tout là-bas, et quelques tirs sporadiques de mitrailleuses, mon lieutenant. Rien de bien méchant, répondit d'un ton fataliste Louis Chapelier, un vieux territorial bavard et curieux comme une fouine, qui partageait le gourbi de Jules Besson.

— Il faut dire qu'on s'habitue à tout, même au pire, fit au même moment, un Poilu rondouillard qui était en train de se fabriquer une canne dans un long morceau de bois.

— Ça ne va pas durer ! s'exclama un autre, occupé à sculpter avec son couteau de tranchée, un visage de Madone dans une douille d'obus. Ma douleur à la cuisse s'est réveillée tout à l'heure. Et quand elle se rappelle à mon bon souvenir, croyez-moi, mon lieutenant, c'est pas bon… Ça sent la bagarre !

— Ta gueule, Alphonse, tu vas nous porter la poisse ! lança le soldat Chambertin qui tentait de se réchauffer en buvant du mauvais café dans un quart tout cabossé.

— Oh, oh, Chambertin est de mauvaise humeur, ironisa le caporal-chef Alphonse Perrichon. On ne dirait jamais que tu reviens de permission ! C'était pas chouette, ta virée à Paris ? La Tour Eiffel n'était plus à sa place ? Le métro était en panne ? Le Moulin-Rouge en grève ?

— Laisse tomber, ne le cherche pas ! lança Paulo qui avait senti brusquement monter la tension entre les deux hommes.

— T'es jaloux, c'est ça ? T'as pourtant aucune raison ! Cette perm, mon gars, je l'avais méritée ! continua Chambertin en s'approchant, l'air mauvais, de Perrichon. Je l'ai gagnée avec ma sueur et mon sang ! J'aurais voulu t'y voir, cette nuit-là, lorsque les Boches nous ont encerclés. Quand il a fallu se dégager à la grenade et au couteau au milieu de tous ces cadavres !

— Oh, ça va, Chambertin, je plaisantais. Tout le monde sait que t'es un vrai dur et…

— Ça suffit vous deux, maintenant ! ordonna le lieutenant de Saint-Fiacre. Gardez vos forces ! Vous en aurez besoin pour la prochaine attaque. Elle aura sans doute lieu bientôt.

— Vous avez des informations, mon lieutenant ? interrogea Maurice Albret, un jeune soldat au visage constellé de taches de rousseur.

— Non, mon garçon, pas encore. Mais il y a des bruits qui circulent. Il paraît que nos généraux voudraient profiter de l'arrivée du mauvais temps pour lancer une offensive d'envergure sur Douaumont, et reprendre le fort aux Boches.

— Reprendre Douaumont, ils me font rigoler ! On voit bien que c'est pas eux qui vont au casse-pipe ! grommela un nouveau venu dont le bras gauche disparaissait sous un énorme pansement. Au fait, si l'attaque a lieu, tu en seras avec ton chien ? demanda-t-il en se tournant vers Jules Besson.

— Bien sûr. Comme d'habitude ! répondit l'infirmier avec un bon sourire.

On ne vous laissera pas tomber ! Vous pouvez compter sur nous ! Pas vrai, Bleu ?

Le labrador se contenta de gémir doucement avant de se tourner sur le côté comme pour signifier à ceux qui l'entouraient : « *Vous me fatiguez tous. Laissez-moi dormir. Je voudrais tant que tout ce vacarme s'arrête et que vous soyez capables de vivre en paix…* »

— Dubosc, ordonna un peu plus tard le lieutenant de Saint-Fiacre à un homme dont la figure était mangée par une barbe de plusieurs jours, vous assurerez le premier tour de garde.

— Et surtout ne t'endors pas comme la dernière fois ! lui recommanda Chambertin en lui tapant amicalement sur l'épaule.

— Ne crains rien, fit le 2e classe Dubosc qui prit place devant la mitrailleuse Hotchkiss dont le groupe d'assaut venait d'hériter. Ce soir, tu peux roupiller tranquille… Enfin, essayer ! ironisa-t-il en désignant l'horizon illuminé par une nouvelle salve d'obus.

3

Le premier de la liste

Quelques vingt minutes plus tard, Henri Dubosc entendit, juste derrière lui, un bruit de chute dans un trou rempli d'eau croupie, suivi d'un juron étouffé.

Il se retourna brusquement pour faire face au nouveau venu.

— Ah, c'est toi, fit-il en le reconnaissant. Tu m'as fait une de ces peurs ! Qu'est-ce qui se passe ? T'arrives pas à dormir ?

— Tu l'as dit, marmonna l'inconnu tout en essuyant son uniforme taché de boue. Je ne sais pas ce que j'ai. Sans doute trop de violence, trop d'énervement, trop de bruit, ajouta-t-il en désignant le paysage apocalyptique qui s'étendait devant eux.

— Tu veux un coup de gnôle ? interrogea la sentinelle en fouillant dans une poche de sa capote avant d'en sortir une petite flasque en argent. Ça t'aidera peut-être à trouver le sommeil.

— Je veux bien, merci. Très bel objet, poursuivit l'insomniaque d'une voix soudainement rageuse en désignant la flasque que lui tendait Dubosc. Vraiment chouette, c'est sans doute Ernestine qui t'en a fait cadeau pour…

— Ernestine ? Qu'est-ce que tu ?…

Mais Dubosc n'eut pas le temps de terminer sa phrase.

Au même instant, l'inconnu se jeta sur lui. Puis, sortant un poignard de son étui, il lui porta un formidable coup en plein cœur.

Quelques secondes plus tard, Dubosc gisait sans vie sur le sol boueux de la tranchée tandis que dans le lointain, comme pour souligner la tragédie qui venait de s'accomplir, retentissait le son mélancolique d'un clairon en provenance des lignes allemandes…

Après avoir rengainé son arme et jeté un dernier regard autour de lui pour s'assurer que son crime n'avait eu aucun témoin, le meurtrier se fondit dans la nuit pour rejoindre son abri.

Si l'on exceptait Ernestine Bertignac, Dubosc était le premier sur la longue liste d'un assassin qui, la veille au soir, s'était même trouvé un nom : le *Vengeur*.

Le *Vengeur* les tuerait tous.

Sans pitié.

Un par un.

Il le jura une fois encore sur la tombe de ses illusions perdues…

*
**

— Au fait, ton chien, il a quel âge ? demanda Chapelier à Besson en voyant le labrador se glisser, en aboyant joyeusement, dans une grande caisse qui avait servi à transporter des obus.

— Je ne pourrais pas te le dire avec précision, lui confia l'infirmier occupé à retirer ses godillots pour soulager ses pieds endoloris. Quand on s'est rencontrés, ou plutôt lorsque Bleu m'a découvert à moitié mort*, je n'ai pas pensé à lui demander ses papiers d'identité ! ajouta-t-il en riant. Je dirais, environ deux ans. Pourquoi ?

— Pour rien. Je le trouve magnifique, c'est tout. J'aurais tellement aimé avoir un chien comme lui. Vous formez une sacrée équipe tous les deux. Au fait, qu'est-ce que tu penses de Chambertin ? reprit Chapelier quelques secondes plus tard. Il me semble un peu bizarre ces temps-ci.

— Chambertin a été très secoué par la violence du dernier assaut, expliqua Besson. Mais, sous des dehors un peu brutaux, c'est un brave type, très généreux et très serviable.

La guerre, tu le sais comme moi, ça ne fait du bien à personne ! Et puis la mort, la semaine dernière, du capitaine Lambert auquel il était très attaché, n'a rien arrangé…

— Ça, c'est certain… Et celui qui remplace Lambert, notre nouveau lieutenant, tu le trouves comment ?

---

* Voir *Bleu, chien soleil des tranchées*, chez le même éditeur.

— De Saint-Fiacre ? Sympathique et pas trop bégueule pour un officier qui vient de la haute ! Et surtout, ce qui est le plus important pour moi, soucieux du bien-être de ses hommes…

— Tu crois qu'il aura le cran nécessaire quand il faudra monter à l'assaut ?

— Ça, mon vieux… Besson laissa passer quelques secondes de silence, personne, hélas, ne peut répondre à une telle question. On verra le moment venu. Maintenant laisse-moi, je vais aller me reposer. Je dois relever Dubosc tout à l'heure.

— Très bien. De mon côté, je vais en profiter pour essayer de nous dénicher une table et un ou deux sièges, même en mauvais état, afin de nous faire un petit coin cuisine…

⁂

Jules Besson se réveilla soudain. Il avait cru entendre un appel au secours dans le lointain.

Il tendit l'oreille, mais le cri ne se renouvela pas.

Il avait fait un mauvais rêve, sans doute.

Un de plus.

Cela lui arrivait de plus en plus fréquemment, ces temps-ci.

Il en profita pour allumer son briquet et regarder l'heure à sa montre.

Minuit dix. Dubosc aurait dû le réveiller depuis une bonne demi-heure. Peut-être s'était-il endormi une nouvelle fois devant sa mitrailleuse ?

Fou de rage, Besson se promit de le menacer des arrêts de rigueur. Que se serait-il passé, en effet, si cette nuit-là, les Allemands avaient dépêché une patrouille dans leurs lignes ? L'infirmier osait à peine l'imaginer.

Il quitta rapidement sa couche, suivi de Bleu qui avait senti la colère de son maître.

Alors qu'il approchait du poste de veille, Besson buta sur un corps allongé face contre terre, et faillit tomber.

Il se rattrapa tant bien que mal à une énorme racine qui dépassait du sol tandis que Bleu se mettait à aboyer de toutes ses forces.

— Dubosc, réveille-toi ! lança Besson qui avait reconnu la silhouette de la malheureuse sentinelle. Tu m'entends ? Debout !

Comme ce dernier ne réagissait toujours pas, Besson le retourna sur le dos.

Il comprit très vite que Dubosc ne répondrait plus jamais à aucune question…

4

Une affaire classée ?

Le 24 octobre 1916, les généraux Pétain, Nivelle et Mangin lancèrent la contre-offensive française qu'ils préparaient activement et en secret depuis plusieurs semaines.

Cette attaque majeure devait permettre la reconquête du fort de Douaumont.

Au milieu d'un épais brouillard et après une préparation d'artillerie d'une puissance exceptionnelle, les soldats français, parmi lesquels les fantassins du

321e d'Infanterie, partirent à l'assaut des positions allemandes.

Les hommes commandés par le lieutenant Arnaud de Saint-Fiacre, qui faisaient partie de la première vague, furent rapidement décimés par les mitrailleuses ennemies.

Inlassablement, au cours de l'attaque, l'infirmier Jules Besson et Bleu, son fidèle labrador, firent de leur mieux pour venir en aide aux nombreux blessés qui gisaient sur le champ de bataille.

Hélas, pour beaucoup d'entre eux il était déjà trop tard.

Dans le même temps, d'innombrables Poilus disparurent à tout jamais. Ensevelis sous l'ouragan de fer et d'acier déchaîné par les Allemands pour tenter d'endiguer leur progression, ils rejoignirent l'immense cohorte des soldats portés manquants…

Le fort de Douaumont fut finalement repris par le Régiment Colonial du Maroc après des combats d'une sauvagerie inouïe.

Durant la même période, à Paris, après avoir suivi de nombreuses pistes et recueilli différents témoignages, l'inspecteur Gustave Renaudot qui avait dirigé l'enquête sur la mort d'Ernestine Bertignac, réussit à identifier le soldat surpris par la gardienne au moment où il quittait l'immeuble de la jeune femme.

Le suspect se nommait Henri Dubosc. Incorporé en mars 1916, cet ancien boulanger, natif de Limoges, se trouvait actuellement avec son régiment, le 321e d'Infanterie, sur le front de Verdun.

Lorsque les gendarmes se présentèrent pour l'interroger, ils apprirent que le soldat Dubosc était tombé la veille alors qu'il montait la garde, sous les coups d'un mystérieux assassin…

L'inspecteur Renaudot fut immédiatement envoyé sur place pour trouver le coupable.

Quelques jours plus tard, débuta l'offensive tant attendue sur Douaumont.

Faute de nouveaux éléments, et au grand dam de l'inspecteur Renaudot, convaincu qu'un lien existait entre les deux affaires, les enquêtes sur les assassinats de Dubosc et d'Ernestine Bertignac furent provisoirement classées.

Le conflit entre la France et l'Allemagne s'enlisa encore deux longues années multipliant les destructions et les pertes en vies humaines jusqu'à la signature de l'Armistice, à Rethondes, le 11 novembre 1918.

À cette époque, les deux crimes avaient été oubliés par le public depuis longtemps, lorsque par une froide soirée de février 1919…

5

Le retour du *Vengeur*

Paris. 10 février 1919.

Le *Vengeur* n'en avait pas cru ses yeux.

Dans l'espoir de se réchauffer et d'oublier le vent glacial qui balayait la place de la République, il était entré, un peu plus tôt dans la soirée et par le plus grand des hasards, au *Canon de Valmy*, une brasserie située à proximité de la station de métro.

En traversant la terrasse bondée, il avait aperçu, assis en galante compagnie à une table située près du comptoir, un homme dont les traits lui avaient semblé familiers.

Tout en se dirigeant vers le fond de la salle comme s'il cherchait quelqu'un, le *Vengeur* fouilla dans les lambeaux de sa mémoire…

Il connaissait cet homme, il en était presque certain.

Où l'avait-il déjà rencontré ? C'était, il y avait longtemps…

Et soudain, comme une déferlante meurtrière, les souvenirs lui revinrent tout à coup…

Ce type avait combattu à ses côtés quelque part dans la région de Verdun. Il se nommait… Perrichon. Alphonse Perrichon. Originaire de Barfleur, un petit port situé sur la côte est du Cotentin, il avait, à cette époque, le grade de caporal-chef. Aussitôt, des images, des silhouettes, des visages mais surtout des angoisses, des terreurs qu'il croyait définitivement oubliées envahirent le *Vengeur*.

Jusqu'à le submerger.

À tel point, qu'il dut s'appuyer contre un pilier de la salle pour ne pas tomber, tandis qu'un serveur pressé lui lançait un regard soupçonneux.

À cet instant précis, le *Vengeur* revoyait tous ses frères d'armes, ses copains de tranchée, ses compagnons de souffrance et de misère… Sans oublier, l'infirmier Jules Besson et son chien, un labrador nommé Bleu.

Un chien qui avait été le soleil de nombreux soldats dans les puits de ténèbres sans fonds de cette maudite guerre.

Alphonse Perrichon était toujours en grande conversation avec une jeune femme blonde très élégante. Celle-ci caressait d'une main distraite une rose rouge écarlate posée devant elle.

Trop occupé à séduire son interlocutrice, Perrichon, lui, n'avait pas reconnu son ancien camarade de régiment.

Comment l'aurait-il pu d'ailleurs, tant ce dernier avait changé à cause d'une horrible blessure à la face.

Une blessure causée par un éclat d'obus, reçu lors de l'assaut contre le fort de Douaumont du 24 octobre 1916, et qu'il dissimulait sous un foulard de couleur sombre.

Une blessure qui avait fait de lui un paria, une monstruosité ambulante, désormais incapable de supporter les miroirs ou les regards gênés et emprunts de pitié, de ceux qui le croisaient.

La compagne de Perrichon releva au même instant la tête.

Son sourire à la fois chaleureux et un peu blasé fit brusquement tressaillir le *Vengeur*.

La jeune femme ressemblait tellement à Ernestine…

Ernestine ! Sa petite *Coccinelle* ! Ernestine… qui reposait à présent dans le cimetière de son village natal.

Ernestine qu'il pensait, elle aussi, avoir définitivement oubliée. Comme il pensait avoir gommé de sa mémoire la nuit où il avait assassiné cette ordure de Dubosc… Et pourtant…

L'évocation d'Ernestine fut la goutte de haine qui fit déborder le trop-plein du vase des souvenirs du *Vengeur*.

Il eut du mal à se contrôler.

À ne pas brusquement hurler sa fureur à la face de Perrichon.

Un Perrichon qui n'en aurait d'ailleurs pas compris la raison…

Très vite, le *Vengeur* prit sa décision.

L'occasion était trop belle. Bien trop tentante. Elle ne se reproduirait peut-être pas.

Perrichon, comme les autres, devait mourir.

Comme tous les autres, Perrichon allait mourir.

Presque au même instant la jeune femme blonde se leva et, après avoir jeté la rose sur le sol, quitta la table, l'air furibond.

Alphonse Perrichon tenta bien de la retenir par une quelconque plaisanterie, ce fut en vain...

La belle inconnue ne se retourna même pas, en franchissant la porte de l'établissement.

Un peu dépité, Perrichon se contenta de hocher tristement la tête avant d'appeler une serveuse pour régler les consommations.

Quelques instants plus tard, il poussait à son tour la porte de la brasserie tandis que quelques gouttes de pluie faisaient leur apparition.

— Fichu temps ! Sale soirée en perspective ! grommela Perrichon à voix basse en relevant le col de son pardessus.

Il prit la direction du boulevard Voltaire sans remarquer l'inconnu qui avait quitté le *Canon de Valmy* presque en même temps que lui.

Un homme dont le bas du visage était dissimulé par un foulard et dont la main droite était crispée sur un long poignard qu'il portait dans la doublure de sa veste.

Ce poignard ne le quittait jamais.

Il était même devenu son meilleur ami…

⁂

Sans perdre de vue Alphonse Perrichon, le *Vengeur* s'arrêta bientôt devant un kiosque à journaux encore ouvert pour acheter un exemplaire de la « *Vie parisienne* ».

Le rituel l'exigeait…

Après avoir jeté un rapide coup d'œil à la revue, il la rangea dans une poche de son manteau puis reprit sa filature.

Inconscient du danger qui le guettait, Perrichon quitta alors le boulevard Voltaire pour s'engager dans une rue étroite et mal éclairée. Quelques instants plus tard, il fit halte devant un petit immeuble jouxtant un jardin public.

Tandis qu'il cherchait ses clés à la mauvaise lueur d'un réverbère, le *Vengeur* parvint à sa hauteur.

— Tu t'appelles bien Alphonse Perrichon ? interrogea-t-il d'une voix à peine audible.

— Oui, c'est moi. Qu'est-ce que vous me voulez ? fit celui-ci tout de suite sur la défensive.

Sans répondre directement à la question, le *Vengeur* enchaîna :

— Ernestine. Tu te souviens d'Ernestine ?

Devant l'air ahuri de Perrichon, il précisa :

— Ernestine Bertignac ou si tu préfères *Coccinelle*, la gentille petite *Coccinelle*. Ne me dis surtout pas que tu l'as oubliée ?

Le ton de son interlocuteur s'était fait soudain menaçant et Alphonse Perrichon recula d'un pas ou deux.

Il s'apprêtait à crier lorsque le *Vengeur* se précipita sur lui.

Perrichon eut juste le temps d'apercevoir l'éclair d'une longue lame pointée dans sa direction.

Quelques secondes plus tard, il gisait sans vie sur le trottoir tandis qu'une mare rouge mélangée à de l'eau de pluie s'écoulait de sa gorge, tranchée d'une oreille à l'autre.

Calmement, après avoir pris le temps de constater que personne ne l'observait, le *Vengeur* sortit de sa poche l'exemplaire de la « *Vie parisienne* » acheté un peu plus tôt.

Il en déchira rapidement la première page, et la glissa avec précaution sous le cadavre de Perrichon.

— *Je suis revenu !* ricana-t-il avant de s'enfuir en courant dans la rue déserte, balayée par des rafales de vent mélangées à quelques flocons de neige qui venaient de faire leur apparition…

6

Un voyage annulé

Le lendemain du jour où Perrichon tombait sous les coups du *Vengeur*, Jules Besson se trouvait chez lui en compagnie de Clotilde, sa fiancée.

L'appartement de trois pièces qu'ils louaient à une tante de Clotilde était situé dans une avenue calme, à proximité de la place de la Nation.

En cette fin d'après-midi, tous deux étaient installés sur un confortable canapé acheté dans une brocante, une semaine auparavant. Bleu, allongé sur le tapis de la salle à manger, les couvait du regard.

Clotilde qui avait répondu à la petite annonce d'un libraire du quartier de la Madeleine venait juste de rentrer de son rendez-vous.

— Alors comment s'est passée ton entrevue avec Monsieur Lebreton ? lui demanda Besson.

— Plutôt bien. C'est un vieil homme très aimable, un peu bavard mais très cultivé. Je commence à travailler après-demain. Je serai chargée d'accueillir les clients et de les guider dans leur choix. J'espère ne pas les décevoir.

— Mais non, je suis sûr que tout ira bien, la rassura Besson. Tous les bouquins que tu me conseilles de lire sont passionnants ! Je viendrai en témoigner si besoin est…

— Tu es trop indulgent, Jules ! s'exclama Clotilde en riant. Au fait, pars-tu toujours après-demain à Chambéry voir ton ami Jean Beaulieu ?

— Oui. Ça m'ennuie un peu de t'abandonner quelques jours, mais dans ma dernière lettre, je lui ai promis de venir. Je sais que ça lui fera plaisir. Tout comme moi, il n'a pas oublié notre évasion du fort de Vaux. C'est vrai que nous avons eu beaucoup de chance, ce jour-là.*

— Qu'est-il devenu ?

— Il a terminé la guerre avec le grade de sergent. Depuis sa démobilisation, il a rejoint sa Savoie natale et a ouvert un salon de coiffure dans le centre de Chambéry. Son affaire a l'air de bien marcher et c'est tant mieux pour lui.

— Bleu t'accompagnera ?

— Bien sûr. C'est grâce à lui si Beaulieu et moi avons pu traverser les lignes allemandes. Bleu a d'ailleurs failli le payer très cher*…

Comprenant qu'on était en train de parler de lui, le labrador vint se poster devant son maître et le fixa de son bon regard doré.

— Tu te souviens de Beaulieu, le soldat avec lequel on s'est échappés du fort de Vaux ? interrogea Besson tout en lui caressant le sommet du crâne.

Bleu répondit par un aboiement bref.

— J'en étais sûr ! Tu as une mémoire formidable ! Eh bien, mon chien, nous irons bientôt, toi et moi, lui rendre une

---

* Voir *Bleu, les années feu*, chez le même éditeur.

petite visite et respirer l'air pur des montagnes… Qu'est-ce que t'en dis ?

Bleu remua plusieurs fois la queue pour marquer son approbation.

Tous deux ignoraient à cet instant précis, que le *Vengeur* allait bouleverser leurs plans, et qu'ils allaient devoir renoncer à leur voyage en Savoie…

⁂

Le lendemain matin, alors qu'il revenait de faire des courses à l'épicerie voisine en compagnie de son chien, Jules Besson repensa aux allumettes que Clotilde lui avait demandé de rapporter. Tous deux attendirent le bruyant passage d'un trolleybus avant de traverser la rue pour se rendre au café-tabac où tout le monde les connaissait.

— Bonjour, Sergent ! Salut Bleu ! lança le patron occupé à rincer des verres en les apercevant. Vous avez vu ce soleil ? Une belle journée en perspective !

— Vous savez, pour moi, qu'il pleuve ou pas, toutes les journées sont magnifiques depuis l'Armistice, précisa Besson en souriant.

— Vous avez bien raison, remarqua un homme âgé accoudé au comptoir devant un verre de vin blanc. La paix retrouvée efface tout, même les pires intempéries !

— Blaise, donnez-moi des allumettes, fit Besson au patron et ajoutez-y un paquet de tabac. Vous mettrez le tout sur mon compte.

— À vos ordres, jeune homme ! En attendant, voici une petite douceur pour notre ami à quatre pattes, dit celui-ci en donnant une moitié de sucre à Bleu qui n'en demandait pas tant !

Au fait, ajouta-t-il soudain à voix basse, à l'adresse de Besson, soyez prudent, il y a quelqu'un, en ce moment, qui semble en vouloir aux survivants de cette fichue guerre…

— Vous plaisantez ou quoi ?

— Pas du tout. C'était dans le journal, ce matin. On a découvert le corps d'un ancien combattant à trois stations de métro d'ici. Il a été égorgé. Évidemment, comme d'habitude, personne n'a rien vu, ni rien entendu ! Le truc bizarre, c'est la page de la « *Vie parisienne* » qu'on a retrouvée, glissée sous son cadavre. Comme si l'assassin avait voulu signer son crime…

Besson sursauta à l'évocation du détail macabre.

Cela lui rappelait une affaire qui avait eu lieu quelque deux ans auparavant : le meurtre sauvage d'une jeune femme dans la capitale, près de laquelle se trouvaient également des pages de la fameuse revue…

Un meurtre qui avait conduit la police jusqu'à Henri Dubosc, un soldat appartenant à son unité. Ce dernier avait lui-même été poignardé durant son tour de garde.

À l'époque, comme nombre de ses camarades du 321e, Besson avait été interrogé par un inspecteur, un certain Renaudot dont il n'avait oublié ni la voix doucereuse ni les yeux inquisiteurs.

Mais, l'enquête n'avait pas abouti.

La poursuite de la guerre, et son cortège de morts au quotidien, avait relégué celle de Dubosc au millionième plan…

— Je peux voir le journal ? interrogea Besson.

— Bien sûr. Il est sur la table, juste sur votre gauche.

Quelques instants plus tard, il put lire tandis que Bleu se couchait à ses pieds :

UN TUEUR EN LIBERTÉ EN PLEIN PARIS !

Hier soir, aux alentours de minuit, un employé des chemins de fer qui rentrait du travail a buté en pleine rue sur le cadavre d'un homme.

D'après la carte d'identité trouvée sur lui, il s'agit d'un certain Alphonse Perrichon, un soldat démobilisé depuis peu, exerçant la profession de chaudronnier à Versailles.

Sous le corps de la victime, la police a découvert une feuille arrachée à la revue la « Vie parisienne *».*

Cette trouvaille insolite rappelle un autre assassinat qui avait défrayé la chronique, en son temps : celui d'une jeune femme, Ernestine Bertignac, dont le meurtrier n'a d'ailleurs jamais été arrêté.

L'enquête sur ce nouveau crime, qui s'avère non seulement mystérieux, mais très complexe, a été confiée à l'inspecteur Renaudot.

Nous ne manquerons pas de tenir nos lecteurs au courant de son développement.

Toute personne détenant une information sur cette affaire est priée de se mettre en rapport avec le commissariat du XIIe arrondissement.

— Perrichon, Alphonse Perrichon, murmura Besson en reposant le journal, quelle coïncidence ! À moins que… Perrichon, tu te rappelles, mon Bleu ? Il t'avait confectionné, pour les jours de grand froid, un petit manteau dans un vieux tricot lui appartenant…

Le labrador jappa plusieurs fois.

— Eh bien, reprit Besson, il semble qu'il ait été assassiné. Si je me souviens bien, il m'avait confié un jour qu'il n'avait plus de famille. Si c'est bien lui, je vais faire en sorte que ce malheureux ait un enterrement décent. Nous allons donc devoir, mon chien, reporter de quelques jours notre petit périple à Chambéry… Je suis certain que notre ami Beaulieu ne nous en voudra pas, quand il en connaîtra les raisons.

7

Le défi du *Vengeur*

Assis sur un banc du jardin public situé presque en face du commissariat du XIIe arrondissement, le *Vengeur* guettait attentivement les entrées et les sorties du bâtiment aux murs grisâtres, surmonté d'un discret drapeau tricolore.

Lui aussi avait lu la presse relatant son dernier crime ainsi que l'appel à témoin du journaliste…

Il n'avait pas pu s'empêcher de sourire lorsqu'il avait appris que l'inspecteur Renaudot avait été chargé de l'enquête sur la mort d'Alphonse Perrichon.

Renaudot, qu'une photo représentait lors de l'arrestation mouvementée du meurtrier d'un postier quelques mois auparavant, faisait d'ailleurs la une de plusieurs quotidiens.

— Comme on se retrouve, avait pensé *le Vengeur*…

En 1916, après l'assassinat de Dubosc, ce même policier l'avait interrogé comme tous les autres, dans un abri, un peu à l'arrière du front, sur ses faits et gestes lors de la nuit tragique.

Un interrogatoire ponctué d'explosions et de rafales de mitrailleuses dans le lointain, souvent interrompu par des allées et venues de toutes sortes, qui, visiblement, n'avait pas servi à grand-chose. Ce petit inspecteur à moitié chauve, rondouillard et prétentieux ne paraissait pas très doué. On le sentait surtout impatient de retrouver la quiétude de son commissariat parisien.

— Peut-être, pensa le Vengeur, devrais-je aujourd'hui lui venir en aide ? Ça serait amusant…

Plus il y songeait et plus l'idée le séduisait.

Il réfléchit quelques instants puis, remarquant un vagabond frigorifié, assis sur la pelouse un peu à l'écart d'un groupe d'enfants qui jouaient au ballon, il lui fit signe d'approcher…

⁂

— Bonjour, m'sieur l'agent ! J'ai un message à remettre à quelqu'un de chez vous, lança un homme barbu, âgé d'une cinquantaine d'années, coiffé d'un béret taché et vêtu d'une pèlerine grise déchirée, au planton de service du commissariat.

— Qu'est-ce que tu racontes, mon gars ? demanda ce dernier en interrompant un fastidieux travail d'écriture.

— J'ai un message pour l'inspecteur Renaudot, reprit l'homme en tendant à l'agent une feuille de papier pliée en quatre. C'est un type dans le square qui me l'a confié. Il m'a dit en sortant un gros billet de sa poche que c'était très urgent.

— Parfait, fit l'agent, indifférent, en saisissant la missive du bout des doigts. Je lui donnerai dès qu'il reviendra. Compte sur moi.

Le messager à peine sorti, le fonctionnaire ne put cependant résister à la curiosité.

Il ouvrit le billet avec précaution et lut, très intrigué, ces quelques lignes écrites au crayon d'une main maladroite.

La « Vie parisienne » m'a toujours passionné. Pas vous, Inspecteur ?
À bientôt, sans doute…
Le Vengeur

— Encore un cinglé ! pensa l'agent en mettant le billet dans un tiroir de son bureau.

Il ne croyait pas si bien dire…

*
**

Confortablement assis dans le fauteuil en cuir de son bureau dont les peintures venaient d'être refaites, l'inspecteur Renaudot était en train de prendre connaissance du dossier que venait de lui remettre un subordonné.

Il commença par lire le compte-rendu du médecin qui avait examiné le corps d'Alphonse Perrichon.

Le praticien situait la mort de la victime aux alentours de 21 heures.

Selon ses conclusions, l'assassin était droitier et l'arme du crime pouvait être un poignard ou une baïonnette.

Le coup avait été porté avec violence, pour ne pas dire avec rage, et Perrichon n'avait sans doute pas eu le temps de souffrir. La page de la « *Vie parisienne* » tachée de sang, découverte sous le corps n'avait, quant à elle, révélé aucune empreinte digne d'être exploitée.

Une autre note concernait l'enquête de voisinage.

Celle-ci avait très vite permis d'identifier le propriétaire du kiosque à journaux où avait été vendue la revue.

L'homme, étant donné la diversité de sa clientèle, avait été incapable de fournir le moindre renseignement sur la personne qui la lui avait achetée ce soir-là, et dont il ne se rappelait que vaguement la silhouette.

— Le contraire m'aurait étonné ! soupira Perrichon en laissant vagabonder son regard sur une affiche bariolée vantant les charmes du Pays Basque, qui ornait l'un des murs de la pièce.

Pour finir, le policier s'empara de cet énigmatique billet signé *Le Vengeur* et apporté un peu plus tôt par un vagabond.

Renaudot ressentit un étrange frisson le parcourir en le lisant.

Ces quelques lignes ne lui semblaient pas du tout l'œuvre d'un mauvais plaisant. Bien au contraire. Il n'aurait pu expliquer pourquoi, mais il était presque certain que ce billet avait bel et bien été rédigé par l'assassin de Perrichon.

Pour quelle raison ? C'était une autre histoire.

On aurait dit que *Le Vengeur* cherchait à le défier…

Leurs routes s'étaient-elles croisées par le passé, ou ne fallait-il voir dans ce message que l'arrogance et la provocation malsaine d'un criminel perturbé ? Avec peut-être même, inconsciemment, le désir de se faire arrêter… Renaudot avait déjà eu affaire à ce genre de malade.

— Essayez de mettre la main sur l'individu qui a apporté ce papier, ordonna-t-il à un collègue qui venait d'entrer dans son bureau. C'est un clochard qui hante sans doute le quartier.

S'il n'a pas trop bu, il sera peut-être capable de nous décrire ce mystérieux *Vengeur*. Tâchez de faire vite, ce type est notre seul témoin pour l'instant…

Quelques minutes plus tard, alors que Renaudot s'apprêtait à quitter son bureau pour se rendre aux Archives, il aperçut un homme de haute taille, élégamment habillé, accompagné d'un labrador noir, venir dans sa direction.

— Vous semblez égaré. Vous cherchez quelqu'un ? lui demanda aimablement le policier.

— Oui, l'inspecteur Renaudot, répliqua l'homme. Je crois que je me suis un peu perdu dans les couloirs.

— Pas du tout, je suis l'inspecteur Renaudot ! En quoi puis-je vous être utile ?

Puis, après avoir jeté un rapide coup d'œil au labrador, il enchaîna :

— Attendez, on ne s'est pas déjà rencontrés quelque part ?

Jules Besson qui, de son côté, n'avait pas oublié le visage de l'inspecteur venu sur le champ de bataille pour l'interroger au sujet du meurtre d'Henri Dubosc, se contenta de répondre :

— Si, je crois. J'étais à Verdun, en automne 1916… Juste avant l'offensive pour reprendre Douaumont.

— C'est exact, répondit Renaudot en lui tendant la main. J'enquêtais alors sur le mystérieux assassinat d'un soldat. Un crime qui n'a d'ailleurs jamais été élucidé et qui m'a valu bien des nuits blanches…

— Justement, j'ai lu le journal ce matin et j'ai peut-être quelques renseignements à vous fournir au sujet du meurtre d'Alphonse Perrichon. Si vous voulez bien m'accorder quelques instants.

— Bien sûr. Entrez, fit l'inspecteur en s'écartant pour laisser passer Besson.

— Mon chien ne vous…

— Il est le bienvenu, le coupa le policier avec un grand sourire. J'ai toujours eu un faible pour les chiens, les labradors en particulier…

Jules Besson l'ignorait encore mais, à ce moment précis, *Le Vengeur* qui était resté en observation dans le square l'avait reconnu alors que, suivi de Bleu, il s'apprêtait à entrer dans le commissariat.

Une bouffée de rage l'avait aussitôt envahi.

— Toi et ton chien, vous serez les prochains ! jura-t-il entre ses dents, tout en reprenant sa surveillance.

Depuis l'automne 1916, et sans même s'en douter une seule seconde, Jules Besson, en effet, se trouvait sur la liste noire du redoutable assassin…

8

Une marraine et des filleuls

Une heure plus tard, Jules Besson retrouvait les rues déjà encombrées de Paris, avec le sentiment du devoir accompli.

Son entrevue avec l'inspecteur Renaudot avait été chaleureuse, et, du moins l'espérait-il, permettrait sans doute au policier d'avancer quelque peu dans sa traque du *Vengeur*...

Au cours de l'entretien, Besson et l'inspecteur avaient tout d'abord évoqué la possibilité d'un unique et même tueur pour les meurtres d'Henri Dubosc, d'Alphonse Perrichon et d'Ernestine Bertignac.

La grande inconnue en restait toutefois le mobile…

Et la question sur laquelle ne cessait de buter l'inspecteur Renaudot, comme il l'expliqua à son interlocuteur, était la suivante :

Que venait faire la malheureuse Ernestine Bertignac dans cette sordide affaire ?

Qu'est-ce qui pouvait bien rattacher cette jeune femme à cette série de crimes atroces ?

Rien, en effet, dans son éducation ou ses fréquentations ne permettait d'établir un rapport entre elle et les deux soldats assassinés.

Besson surprit quelque peu le policier en lui confiant qu'il avait une petite idée à ce sujet.

— Racontez-moi ça, proposa aussitôt Renaudot, en allumant la moitié d'un cigare qui reposait au fond d'un cendrier déjà plein.

— Ce sont les différents exemplaires de la « *Vie parisienne* » trouvés près des cadavres qui m'ont mis la puce à l'oreille, et qui m'ont poussé à venir vous voir, confia Jules Besson au policier.

— Mais quel rapport avec … ?

— Justement. Un peu de patience, inspecteur. Pour bien comprendre ce qui va suivre, il faut se remettre dans le contexte de la guerre, commença l'ancien infirmier, tandis que Bleu, devinant que le récit risquait de durer, s'allongeait le plus confortablement possible sur le sol.

— … Dès la fin de l'année 1914, nos gouvernants comprirent que ce conflit allait durer certainement beaucoup plus longtemps qu'ils ne l'avaient imaginé, reprit Jules Besson. C'est alors que naquit l'idée des marraines de guerre.

Une initiative originale, populaire et généreuse, même si elle a parfois connu des dérives inquiétantes pour certains « pères-la-pudeur », et qui a été encouragée par de nombreux hommes politiques.

Le principe en était le suivant.

Pour soutenir le moral des troupes, des jeunes femmes de toutes conditions allaient se mettre en relation par le biais de lettres, de cartes postales, d'envois de colis ou même de rencontres lors de leurs permissions, avec des soldats qui combattaient dans la boue des tranchées.

Très vite, des revues, tels que « *Fantasio* » et la « *Vie parisienne* » ouvrirent leurs colonnes à des petites annonces, permettant aux futures marraines et à leurs « filleuls » d'entrer en contact.

Évidemment, sur le nombre très élevé de « marrainages », certains ont pu prendre un tour plus passionné, pour ne pas dire davantage, qu'amical ou affectueux.

On raconte même que certaines marraines avaient quelquefois plusieurs « filleuls » dans le même régiment…

C'était – et c'est là où je veux en venir –, peut-être le cas d'Ernestine Bertignac.

— Je commence à comprendre, fit Renaudot fasciné par le récit de Jules Besson, mais…

— Imaginez, continua Besson imperturbable, qu'un « filleul », disons moins équilibré que les autres, tombe amoureux fou de sa marraine de guerre. Sa jalousie devient explosive lorsqu'il apprend par hasard que cette dernière a établi des liens, même s'ils ne sont qu'amicaux, avec d'autres soldats.

Nous sommes, ne l'oublions pas, en temps de guerre, dans une période de violence extrême. Soumis à des tensions et à des souffrances hors du commun, cet homme, appelons-le X, en manque cruel – pour ne pas dire maladif –, d'affection, ne peut supporter de « partager » SA marraine.

Il décide alors de punir celle dont il pense qu'elle l'a trahi et par la même occasion, tous ceux qui ont osé l'approcher ou ont été en relation épistolaire, avec elle.

— Vous voulez dire que…

— Ce ne sont que des suppositions, mais elles fourniraient un mobile à cette série de crimes horribles.

En devenant une marraine de guerre, Ernestine Bertignac, une jeune femme solitaire, sincère mais sans doute aussi quelque peu exaltée, appartenant à un milieu favorisé, pensait donner un sens à sa vie. C'était aussi peut-être sa façon à elle de participer à l'effort de guerre tant vanté par nos généraux.

Le problème, j'insiste sur ce point, c'est que parmi ses différents « filleuls » il y a notre dénommé X…

Ayant découvert que SA marraine entretient des relations avec d'autres que lui, notre homme décide alors de se venger de celle qu'il pensait être son unique amour et… de tous ceux qui, d'une façon ou d'une autre, l'ont approchée…

— Incroyable, fit le policier admiratif, en dévisageant Besson. Dites donc, vous auriez fait un fameux détective !

Besson esquissa un léger sourire.

— … Ce qui expliquerait par la même occasion le surnom de *Vengeur* dont il a signé ce billet, poursuivit le policier en tendant à Besson le message transmis par le vagabond.

— Vous l'avez reçu, quand ? demanda Besson en lui rendant la feuille.

— Ce matin.

— C'est étrange. Mais, laissez-moi vous poser une autre question, inspecteur. Comment pouvez-vous m'expliquer que durant plus de deux années, notre assassin se soit tenu tranquille ?

— On peut imaginer qu'il a été grièvement blessé lors d'un quelconque assaut et qu'il a passé ces deux dernières années sur un lit d'hôpital, dans une maison de convalescence ou de rééducation.

— Et comment expliquez-vous cette reprise soudaine des meurtres ?

— Le hasard, une rencontre fortuite tout simplement, répondit Renaudot. Vous savez de nombreux soldats démobilisés passent par Paris, pour les raisons les plus diverses, avant de regagner leur famille ou leur foyer… Cette mise en présence *du Vengeur* avec l'un des hommes de son régiment qu'il soupçonne de fréquenter sa marraine, réactive soudain ses instincts meurtriers… Et notre homme reprend, si je puis dire… du service…

— À propos, Inspecteur, avez-vous une idée de la raison pour laquelle notre assassin se fait appeler, *le Vengeur* ? demanda soudain Besson au policier.

— Non, pas vraiment.

— Eh bien, il m'est venu tout à coup à l'esprit que le « Vengeur » était le nom d'un couteau adopté par l'armée française en 1916 et utilisé par de nombreux soldats pendant la guerre. Je ne sais pas si cette information vous sera utile, mais…

— Certainement, certainement, avait répondu l'inspecteur en griffonnant le renseignement sur un bloc-notes.

Peu après, le téléphone du policier avait sonné, mettant fin à une discussion qui s'était révélée passionnante.

— Une urgence, avait expliqué Renaudot en se levant après avoir raccroché. Ne m'en veuillez pas… Laissez-moi votre adresse, Besson. Je reprendrai contact avec vous dès que possible. J'ai encore deux trois choses à préciser avec vous…

Quelques instants plus tard, suivi de Bleu, Besson avait quitté le commissariat.

Ni l'un ni l'autre n'avaient remarqué l'homme qui, en les apercevant, avait replié le journal derrière lequel il s'abritait, avant de quitter son banc pour les suivre…

9

En danger de mort !

Ignorant la filature dont il faisait l'objet, Besson décida, comme il en avait coutume depuis sa démobilisation, de se rendre au bois de Vincennes.

Depuis la veille, la température s'était adoucie, et un pâle soleil avait même fait son apparition au-dessus de la capitale. Marcher en plein air loin de la foule, rêvasser devant un lac où barbotaient des canards et des cygnes solitaires, lui ferait le plus grand bien.

Cela lui permettrait aussi sans doute, d'évacuer la tension et le curieux malaise qui l'habitait depuis sa rencontre avec l'inspecteur Renaudot.

Comme si un épisode enfoui au fond de sa mémoire était sur le point de refaire surface…

— Veux-tu aller jouer ? demanda-t-il quelques secondes plus tard, à Bleu qui marchait gentiment à ses côtés.

Le labrador imaginait déjà des courses folles à travers broussailles et fourrés. Il se mit à aboyer joyeusement, tout en bondissant autour de son maître.

— Sage, mon Bleu ! fit Besson en lui caressant le sommet du crâne. Auparavant, précisa-t-il en regardant sa montre, je dois passer chez le tapissier. Clotilde a commandé un couvre-lit pour notre nouveau canapé, et elle voudrait connaître mon avis sur la couleur du tissu. Comme sa boutique n'est pas très loin de la maison, nous en profiterons pour monter chercher ta balle préférée. Ça te convient comme programme ?

Le labrador se contenta de remuer la tête de bas en haut pour montrer à son maître qu'il était capable de faire preuve d'un peu de patience…

⁂

Tout en marchant, Besson ne cessait de repenser à sa conversation avec l'inspecteur Renaudot.

Qui pouvait bien être le *Vengeur* ?

En fouillant dans sa mémoire, il essayait de retrouver les visages des soldats dont il avait été proche durant cet automne 1916, de remettre un nom sur les hommes de sa section, qui se connaissaient assez pour échanger des confidences sur leurs relations amicales ou amoureuses.

Beaucoup d'entre eux comme de Saint-Fiacre, Vigan, Albret, Ferrier, Dantec, et même ce vieux Paulo, étaient morts au cours de l'assaut pour reprendre le fort de Douaumont.

D'autres comme Fournier, Tabary ou Licole avaient été grièvement blessés et rapatriés dans leurs foyers.

Moulinier, devenu aveugle après avoir reçu un éclat d'obus en pleine face, ne pouvait évidemment pas être soupçonné.

Enfin certains, à l'instar de son vieux copain Chapelier, de Chambertin, de Fernet ou du jeune Moreno qui venait de fêter ses dix-neuf ans au moment de son incorporation, et dont les corps n'avaient jamais été retrouvés, avaient été portés disparus.

Le *Vengeur* était-il l'un d'entre eux ?

Ceux-là, Besson les connaissait tous, au moins de vue. Il avait du mal à les imaginer dans la peau d'un assassin.

Qui parmi eux avait bien pu entretenir une relation avec Ernestine Bertignac ?

Tous ! Cette réponse lui vint aussitôt à l'esprit.

Au cours de l'année 1916, les souffrances étaient telles, que la plupart des soldats sans attache affective, aspiraient à partager un peu de bonheur, un peu de rêve avec quelqu'un de doux, de disponible, de compréhensif et d'attentionné…

Jules Besson, n'avait pas échappé à la règle.

Un jour, il s'était même laissé tenter et avait répondu à une petite annonce d'une mystérieuse correspondante. Elle signait son courrier *Coccinelle*…

Heureusement pour lui, peu après, au cours d'une permission, il avait rencontré Clotilde, sa chère Clotilde qui valait toutes les marraines de l'univers, et il avait bientôt rompu tout contact avec *Coccinelle*…

Soudain Besson sentit un étau glacé lui enserrer la poitrine. Cette plongée dans le passé venait de faire resurgir un détail oublié…

C'était Perrichon, Alphonse Perrichon, son camarade de tranchée, tombé récemment sous les coups du *Vengeur* qui lui avait conseillé, un soir où le moral de Besson était au plus bas, de prendre contact avec une dénommée *Coccinelle*.

— Une fille formidable ! s'était écrié Perrichon avec enthousiasme… Tu verras, Jules, tu ne le regretteras pas…

Perrichon lui avait alors communiqué l'adresse de *Coccinelle* en poste restante, et Besson avait fini par lui écrire…

Coccinelle et Ernestine Bertignac ne faisaient-elles qu'une seule et même personne ?

Si c'était le cas, le *Vengeur* avait-il appris d'une façon ou d'une autre que *Coccinelle* et l'infirmier avaient correspondu au moins une fois ?

Jules Besson comprit à ce moment précis, qu'il était peut-être lui-même en danger de mort…

10

Deux nouvelles cibles pour le *Vengeur*

Le *Vengeur* faisait de son mieux pour ne pas perdre de vue Besson et son chien, qui déambulaient au milieu des passants en direction de la place de la Nation.

Depuis quelques minutes, une douleur aiguë consécutive à son ancienne blessure à la poitrine s'était brusquement réveillée et l'avait obligé à ralentir l'allure.

À ce moment-là, il vit avec soulagement Jules Besson pousser la porte d'un tapissier décorateur, dont l'élégante boutique faisait l'angle du cours de Vincennes.

Avisant un banc à proximité d'une boulangerie, le *Vengeur* s'y affala pour reprendre sa respiration.

À travers les vitres de la boutique, il pouvait maintenant apercevoir Besson discuter avec le tapissier. Celui-ci était en train de lui présenter des échantillons de tissu de différentes couleurs.

Le chien, quant à lui restait invisible…

En suivant Besson, le *Vengeur* avait nourri l'espoir que ce dernier le conduirait jusque chez lui… Mais il avait surestimé ses forces. Sa sortie de la maison de repos, dans laquelle il venait de passer plus de dix-huit mois, était encore trop récente.

L'ancien infirmier habitait-il le quartier ou vivait-il à l'autre bout de Paris ?

Disposait-il d'un moyen de locomotion quelconque ?

De toutes les façons, le *Vengeur* ne se sentait pas, pour l'instant, la force de continuer sa filature.

Allait-il pour autant renoncer à sa traque mortelle ?

C’était mal le connaître.

Il réfléchit quelques instants, et trouva tout à coup la solution à son problème.

Après tout il ne risquait pas grand-chose à essayer.

Il lui suffisait de se montrer persuasif…

***

Après avoir examiné et comparé les couleurs de différents échantillons, Besson fit mettre de côté le tissu vert émeraude choisi la veille par Clotilde, pour recouvrir leur nouveau canapé.

— Je pense que ce ton s’accordera parfaitement avec le blanc cassé des rideaux que nous vous avons déjà commandés, dit-il au commerçant. Qu’en penses-tu, Bleu ?

Le chien, impatient de rejoindre le bois de Vincennes, se contenta de lui répondre par un vague grognement.

— Comme j’en ai convenu avec Madame, je vous ferai livrer le tissu avec les rideaux, dès que ceux-ci seront prêts, précisa le commerçant en souriant. Nous verrons à ce moment-là pour le règlement.

Peu après, Besson quittait la boutique du tapissier précédé de Bleu qui avait retrouvé sa bonne humeur.

Le *Vengeur* les regarda s'éloigner au milieu de la foule avec un petit pincement de cœur…

Il saurait bientôt si sa ruse allait réussir.

Le *Vengeur* attendit quelques instants puis se dirigea vers la boutique du tapissier…

— Monsieur ? lui demanda aimablement le commerçant.

— Ce briquet appartient à l'homme qui vient de sortir d'ici, lui expliqua le *Vengeur* en montrant son propre briquet. Il a dû tomber de sa poche. J'ai voulu le prévenir, mais le temps que je me retourne, il avait disparu. Comme vous pouvez le constater, c'est un objet de valeur et je me proposais, si cette personne habite le quartier, de le lui rapporter… Seulement voilà, j'ignore son adresse. Peut-être la connaissez-vous ?

— C'est très honnête de votre part. Si tout le monde était comme vous… Attendez, fit le marchand en ouvrant un carnet de commandes… Je crois que je peux vous rendre ce petit service…

Au même instant, une voix féminine angoissée, en provenance de l'arrière-boutique, se fit entendre :

— Ferdinand, peux-tu venir m'aider ? Je suis coincée derrière un énorme rouleau de tissu qui vient de tomber.

— Vous permettez ? fit le tapissier au *Vengeur*. Je suis à vous dans quelques secondes.

— Je vous en prie.

Profitant de l'absence momentanée du tapissier, le *Vengeur* retourna le carnet de commandes vers lui.

Au milieu de la dernière page, il put lire :

Jules Besson, Clotilde Hébert, 9 avenue Philippe Auguste.
3e étage gauche. Rideaux / tissu canapé.
Date de la livraison à préciser.

Le *Vengeur* savait tout ce qu'il voulait savoir.

Satisfait, il remit le carnet à l'endroit, puis quitta discrètement la boutique.

L'avenue Philippe Auguste, comme le renseigna un passant complaisant, donnait directement sur la place de la Nation.

Le *Vengeur* se retint pour ne pas éclater de rire.

Non seulement, il venait de situer sa prochaine cible, mais en plus il n'aurait pas une trop longue distance à parcourir…

Enfin, cette Clotilde Hébert, qui visiblement partageait la vie de son ancien camarade de tranchée, pouvait faire une autre très jolie proie…

Il se promit d'en apprendre un peu plus sur elle et sur ses habitudes…

11

Le *Vengeur* se souvient

Le *Vengeur* jeta un rapide coup d'œil au calendrier fixé par une punaise au mur de la cuisine. La date qu'il redoutait par-dessus tout approchait.

Il y aurait bientôt trois ans, jour pour jour, que…

Le *Vengeur* reconnaissait déjà les symptômes de l'ouragan intérieur qui allait le dévaster.

Il sentit bientôt sa bouche devenir aussi sèche qu'un morceau de carton, tandis que ses mains se mettaient à trembler, qu'une sueur froide l'envahissait et que les battements de son cœur s'accéléraient.

Il courut se réfugier dans la chambre à coucher du meublé qu'il occupait grâce à la générosité d'un parent, dans le quartier de la Bastille.

Une fois allongé, il espérait bien voir son cauchemar s'estomper peu à peu dans les brumes de l'oubli.

Les images, contre lesquelles il se battait de plus en plus fréquemment pour ne pas perdre la raison, lui parvenaient déjà en rafales…

Il y avait si longtemps de ça… Presque une éternité.

Ernestine s'avançait vers lui en souriant.

Elle lui proposait de s'asseoir dans un fauteuil confortable pendant qu'elle préparait une petite collation pour fêter leur première rencontre.

Baptiste, qui n'était pas encore devenu le Vengeur *n'osait y croire.*

Sa marraine de guerre était encore plus belle, plus distinguée, plus élégante, qu'il ne l'avait imaginée dans ses rêves les plus fous.

Livré quelques instants à lui-même, Baptiste se mit à admirer le décor luxueux dans lequel vivait celle qu'il chérissait en secret depuis plusieurs semaines.

Son attention fut attirée par un tableau représentant deux angelots endormis au bord d'une rivière, et que survolait un oiseau aux plumes multicolores.

Il se leva pour observer un détail dans la courbe du feuillage d'un saule pleureur dessiné à l'arrière-plan.

Au passage, jetant machinalement un coup d'œil sur le petit meuble qui se trouvait sur son chemin, Baptiste aperçut une enveloppe.

Une enveloppe adressée à un soldat nommé Henri Dubosc…

Baptiste eut l'impression qu'un gouffre sans fond l'aspirait tout entier.

Ce qu'il venait de découvrir était incompréhensible, inconcevable même.

Ainsi, ce que certains lui avaient raconté sur les mœurs parfois légères des « marraines de guerre » était vrai…

La tête en feu, le cœur en fusion, Baptiste avait alors parcouru les premières lignes de la lettre.

Les promesses, les conseils, les encouragements qu'Ernestine, son Ernestine, adressait au soldat Henri Dubosc étaient identiques à ceux qu'elle lui avait écrits moins de deux semaines auparavant…

Ernestine était alors revenue dans la pièce…

Baptiste se revoyait la saisir brutalement par le bras, tandis que sous le feu roulant de ses questions, la jeune femme tentait de se justifier.

Avant de reconnaître qu'elle était bien la marraine de plusieurs « filleuls ».

Plusieurs « filleuls » dont par bravade ou méchanceté, elle avait fini par livrer les noms. Trois d'entre eux, suprême humiliation, faisaient même partie de sa propre section !

— Qu'est-ce que tu imaginais, mon pauvre ami ? lui hurla alors Ernestine en pleine face.

Ce fut la phrase de trop.

Ce furent aussi ses derniers mots.

Quelques secondes plus tard, elle gisait sur le tapis du salon, baignant dans son sang…

Au prix d'efforts surhumains, le *Vengeur* s'appliqua à contrôler sa respiration et les images de son crime s'effacèrent peu à peu.

Cela lui prit du temps, mais il finit par s'endormir sur la vision d'une Ernestine ressuscitée, l'invitant à valser dans une guinguette sur les bords de la Marne…

C'est en se réveillant le lendemain qu'il prit la décision de s'occuper de Jules Besson, et tout d'abord de sa fiancée Clotilde…

⁂

La nuit venait de tomber lorsque Clotilde quitta la librairie dans laquelle elle avait été embauchée, quelques jours plus tôt.

Ce soir-là, afin de répondre à la commande d'un collectionneur d'ouvrages de littérature latine, Monsieur Lebreton avait gardé la jeune femme un peu plus tard que d'habitude.

— Bonne soirée Clotilde ! fit le libraire à son employée tout en baissant le rideau métallique de son magasin. À demain !

— À demain, Monsieur ! répondit-elle d'un ton guilleret, heureuse de rentrer enfin chez elle.

La rue était déserte, le froid vif, et Clotilde ne put s'empêcher de frissonner en relevant le col de son manteau.

Quelques rares passants se hâtaient vers la bouche de métro située à une centaine de mètres de là, sur les grands boulevards.

Soudain, Clotilde vit un individu, dont le bras droit était en écharpe, pousser une valise avec ses pieds, vers une camionnette en stationnement.

L'homme, dont les traits disparaissaient sous un chapeau de couleur sombre, parvint péniblement au véhicule.

De sa main valide, il en ouvrit la portière puis, découvrant Clotilde qui s'apprêtait à traverser, il se tourna vers elle, l'air un peu gêné.

— Mademoiselle, auriez-vous la gentillesse de m'aider à mettre cette valise dans ma voiture ? demanda-t-il. Elle n'est pas très lourde, mais avec ce maudit bras, j'ai un peu de mal…

Clotilde hésita quelques secondes.

Le désarroi de l'inconnu semblait réel.

— Vous êtes très aimable, lui dit l'homme tandis que la jeune femme s'avançait vers lui.

Au moment où elle se saisissait du bagage, Clotilde sentit la pointe d'une lame contre son ventre.

— Qu'est-ce que vous… ?

— Ne bouge surtout pas ! fit l'homme. Sinon je te tue. Laisse cette fichue valise et monte !

— Mais ?

— Ta gueule ! Fais ce que je te dis. Sinon tu rejoindras Ernestine…

Terrorisée, mais sans pourtant se soucier du danger, Clotilde se mit à hurler tout en griffant le visage de son agresseur.

Surpris par la réaction de la jeune femme, celui-ci lâcha prise aussitôt.

Puis, abandonnant la valise sur le trottoir, il bondit au volant de la camionnette qu'il avait volée un peu plus tôt dans la soirée.

Dans un rugissement de moteur, le *Vengeur* s'éloigna au cœur des ténèbres, alors que des passants alertés par les cris de Clotilde, faisaient enfin leur apparition…

12
L'inspecteur Renaudot a une idée

Clotilde ayant prévenu qu'elle risquait de rentrer tard ce soir-là, Jules Besson avait profité de son absence, pour aller dîner dans une brasserie de la gare de Lyon, avec l'une de ses cousines de passage à Paris.

Curieusement, au cours du repas, Besson avait eu une impression de malaise.

Une sensation bizarre, indéfinissable que semblait partager Bleu.

Le labrador n'avait en effet pas cessé de s'agiter sous la table, à tel point que Besson, après l'avoir grondé plusieurs fois, avait fini – fait rarissime – par l'attacher au pied de sa chaise.

À son retour, un peu avant 23 heures, l'ancien infirmier fut quelque peu surpris de l'absence de sa fiancée, mais il ne s'inquiéta pas outre mesure.

Il y avait peut-être eu un nouvel incident ou un nouveau drame dans le métro.

Les suicides d'anciens combattants, incapables de se réadapter à la vie civile ou de soldats mutilés, les *Gueules Cassées* comme on les appelait, étaient fréquents depuis quelques mois.

Besson se dirigeait vers le cabinet de toilette lorsque tout à coup, Bleu se mit à hurler à la mort…

— Qu'est-ce qui t'arrive, mon chien ? interrogea Besson en s'approchant du labrador pour tenter de le calmer.

Pour toute réponse, ce dernier se contenta de pousser un nouveau hurlement avant de se poster en grondant devant la cheminée, à l'endroit précis où trônait une photo souriante de sa maîtresse.

Besson qui n'avait jamais vu son chien se mettre dans un état pareil comprit, à cet instant précis, que quelque chose de grave était peut-être arrivé à Clotilde…

Il hésita quelques minutes sur la conduite à tenir.

Il ne servait à rien de s'affoler.

Bleu pouvait s'être trompé…

Il prit finalement le parti de continuer à patienter tandis que Bleu, le museau tourné vers la porte d'entrée, ne cessait de gémir.

⁂

Besson regardait pour la millionième fois les aiguilles de la grosse horloge du salon, quand un bruit de pas précipités se fit entendre dans l'escalier.

Peu après, il reconnut la voix angoissée de Clotilde à travers la porte :

— Jules, ouvre-moi, je t'en prie ! Vite !

Bleu se mit à aboyer joyeusement tandis qu'à peine le seuil franchi, la jeune femme hors d'haleine se jetait dans les bras de son fiancé.

— Clotilde, qu'est-ce qui s'est passé ? Bleu et moi, nous étions fous d'inquiétude !

— J'ai été attaquée en sortant du travail ! Un homme a tenté de me poignarder en pleine rue !

— Calme-toi ma chérie, tu ne risques plus rien, tenta de la rassurer Besson. Viens t'asseoir à côté de moi, ajouta-t-il en désignant le canapé, et raconte-moi ce qui t'est arrivé…

Alors que Clotilde commençait à faire le récit de son agression, elle sentit le museau de Bleu se poser tendrement contre son bras…

— Bon chien ! lui murmura-t-elle en l'embrassant sur le sommet du crâne. Dire que j'ai failli peut-être ne jamais te revoir !

***

Le lendemain matin, après avoir passé une nuit presque blanche, Besson se précipita au commissariat du XIIe et demanda à être reçu d'urgence par l'inspecteur Renaudot.

— Que vous arrive-t-il ? demanda ce dernier en l'apercevant. Vous avez l'air dans tous vos états !

— Il y a de quoi ! Clotilde, ma fiancée, a été attaquée cette nuit ! s'exclama Besson à peine entré dans le bureau du policier. Quelqu'un a essayé de la poignarder ! Heureusement, elle a réussi à échapper à son agresseur qui était certainement… le *Vengeur*.

— Le *Vengeur* ? Vous en êtes sûr ?

— Disons que j'ai de sérieux soupçons.

— Racontez-moi ça, en détail, l'invita aussitôt Renaudot tout en prenant un cigare dans la poche intérieure de sa veste.

⁂

— Ce que vous m'apprenez là ne m'étonne pas vraiment, fit l'inspecteur quand Besson eut terminé son récit. Je me proposais justement de vous rendre visite ce matin. Figurez-vous qu'hier, en fin d'après-midi, je suis allé aux Archives pour vérifier certains détails à propos de la mort d'Ernestine Bertignac. J'avais un curieux pressentiment voyez-vous et…

— Et ?

— Je ne m'étais pas trompé. Sachez qu'il y a trois ans, à côté du cadavre d'Ernestine Bertignac, outre un exemplaire de la « *Vie parisienne* », on a retrouvé un petit carnet. J'ignore pour quelle raison, mais à l'époque, il avait été égaré. Ce carnet contenait une liste de noms, et hier, en le feuilletant, j'y ai lu le vôtre. Vous avez d'ailleurs peut-être une explication à me fournir à ce sujet ?

— Oui, répondit Besson un peu gêné. Vous l'ignoriez sans doute inspecteur, mais j'ai correspondu avec Mademoiselle Bertignac au cours de l'année 1916. Une seule fois, en fait.

— Justement, reprit Renaudot, c'est bien ce qui m'inquiète. Imaginez que le *Vengeur* ait lui aussi, à l'époque, pris connaissance de cette liste.

Besson se contenta de garder le silence.

— Comprenez-moi bien, que vous ayez écrit à Ernestine Bertignac une seule ou mille fois, dans l'esprit dérangé de notre tueur c'est la même chose. Vous avez osé approcher celle qu'il considérait, à tort ou à raison, comme sa propriété et il ne peut vous le pardonner.

— Comme il ne l'a sans doute d'ailleurs jamais pardonné aux autres « filleuls » d'Ernestine, ajouta Besson.

— Exactement. Bien, essayons de remettre un peu d'ordre dans toute cette affairc. Après l'assassinat du soldat Henri Dubosc dans une tranchée de Verdun, il s'écoule plus de deux ans. Deux ans durant lesquels, comme vous l'avez souligné lors de notre dernière conversation, le *Vengeur* pour une raison ou une autre se tient tranquille… Par le plus grand des hasards, il vous retrouve. Il décide alors, pour vous punir, de s'attaquer à celle qui partage votre vie !

— Cela pourrait en effet expliquer l'agression de cette nuit, admit Besson.

— Je le crains. Qui sait les tortures que votre fiancée aurait endurées si le *Vengeur* avait réussi à l'enlever ?

Besson se tint coi quelques secondes avant d'enchaîner :

— Comment comptez-vous retrouver ce salopard, pour le mettre hors d'état de nuire, avant qu'il ne soit trop tard ? Vous semblez n'avoir aucune piste jusqu'à présent.

— Détrompez-vous, fit remarquer l'inspecteur Renaudot avec un drôle de sourire. En relisant avec attention le dossier Bertignac, j'ai remarqué un détail, et il m'est venu une idée. Elle vaut ce qu'elle vaut mais nous devons tout essayer. Vous êtes bien de mon avis, n'est-ce pas ? Alors, écoutez-moi bien. Voilà ce que je vous propose…

13

L'inconnu du cimetière

— Quel endroit sinistre ! murmura Jules Besson à l'oreille de l'inspecteur Renaudot en désignant la brume épaisse qui les entourait.

— Vous avez raison. Il faut dire que ce mauvais temps n'arrange rien ! fit remarquer le policier en essuyant son visage trempé par la pluie qui tombait à verse.

Les deux hommes étaient dissimulés derrière un muret de pierre face au cimetière de Saint-Augustin-les-Roses, un charmant petit village de la banlieue ouest de la capitale.

Ils étaient arrivés vers six heures du matin et avaient garé leur véhicule, à une centaine de mètres de là, derrière une bâtisse à l'abandon.

Dans le lointain, on entendait de temps en temps le sifflement d'un train qui passait sur un pont de fer, situé à proximité.

Bleu, allongé dans les buissons, les oreilles dressées, indifférent au déluge qui tombait du ciel, fixait un point fixe à l'horizon.

— Vous pensez qu'il viendra? reprit Besson.

— Je n'en sais fichtrement rien. De toute façon nous n'avions rien à perdre...

Depuis la malheureuse tentative d'enlèvement de Clotilde, les événements s'étaient précipités.

En relisant le dossier de la victime, l'inspecteur Renaudot s'était attardé sur certaines déclarations des proches d'Ernestine Bertignac.

Il avait alors découvert que, plusieurs semaines après l'enterrement de leur fille, et alors qu'ils se rendaient sur sa tombe, les parents d'Ernestine s'étaient retrouvés face à un soldat blond, âgé d'une vingtaine d'années dont le bas du visage était masqué par un foulard. Sans doute pour dissimuler une terrible blessure.

Le militaire, un bouquet de roses blanches à la main, semblait inconsolable.

Très étonnés par cette présence insolite, les parents d'Ernestine avaient attendu que l'homme ait terminé de se recueillir pour engager la conversation.

L'inconnu leur avait alors précisé être un ancien camarade de classe de leur fille. Il avait appris son assassinat en lisant les journaux et avait profité d'une permission pour venir jusqu'ici, lui rendre un dernier hommage.

— Vous n'imaginez pas ce qu'Ernestine représentait pour moi, avait-il ajouté les larmes aux yeux. Elle était si douce, si disponible, si attentive aux autres.

Puis, peu après, il avait pris congé en leur faisant la promesse qu'il reviendrait chaque année, s'ils le permettaient bien sûr, pour honorer la mémoire de la jeune femme.

L'inconnu n'avait visiblement pas tenu parole puisque les parents de la jeune fille ne l'avaient revu que deux ans plus tard.

En 1918, le 28 septembre exactement, jour anniversaire de la mort d'Ernestine.

En découvrant ce témoignage, Renaudot avait pensé qu'avec un peu chance, en cette année 1919, le jeune inconnu serait de nouveau au rendez-vous, et qu'il pourrait, même s'il n'était pas le *Vengeur*, donner quelques éléments susceptibles de faire avancer l'enquête.

Un rapide coup d'œil à son agenda, avait alors appris au policier que le 28 septembre tombait dans moins d'une semaine.

C'était l'occasion ou jamais.

Il avait aussitôt fait part de son idée à Jules Besson.

C'est ainsi que ce fameux 28 septembre, Bleu, Besson et lui-même s'étaient retrouvés par ce lugubre matin d'automne, dans ce petit cimetière de campagne.

Tandis que la pluie redoublait, l'inspecteur Renaudot tout en réprimant une forte envie d'éternuer, se surprit à souhaiter ne pas s'être trompé dans son raisonnement.

14

Bleu contre le *Vengeur*

Ce fut Bleu, le premier, qui donna l'alerte.

Quittant rapidement son abri, il se glissa sans bruit entre les deux hommes et vint mordiller la main de son maître pour lui signifier que quelqu'un arrivait.

— Inspecteur, il se passe quelque chose, fit Besson en caressant le museau de l'animal pour le calmer.

— On ne bouge pas, recommanda Renaudot.

— Couché Bleu, susurra Besson à l'oreille du labrador.

Celui-ci obéit après avoir poussé un petit gémissement d'excitation.

Bientôt un bruit de moteur se fit entendre en provenance du chemin qui longeait le cimetière.

Soudain, surgissant du rideau de brume et de pluie, un motocycliste apparut.

Vêtu d'un long manteau gris et coiffé d'un chapeau de cuir, l'inconnu roulait sans se presser, attentif à ne pas déraper sur le sol jonché de feuilles mortes particulièrement glissant.

— Vous croyez que… ?

— Chut ! intima le policier.

Quelques instants plus tard, le nouveau venu garait sa moto contre le mur du cimetière. Puis, il sortit un magnifique bouquet de roses blanches de l'une des sacoches de l'engin.

— Qu'est-ce qu'on fait ? demanda Besson tandis que l'inconnu poussait la grille du cimetière.

— On attend encore un peu, on le suit, puis on intervient éventuellement. Pour l'instant, rien ne nous dit que c'est notre suspect. Au fait, vous l'avez reconnu ?

— Absolument pas. Avec cette pluie et cet accoutrement, ça pourrait être n'importe qui.

Peu après, Besson suivi de Bleu et de Renaudot quittaient discrètement leur cachette.

Parvenu à proximité de la moto, Besson sortit un couteau de sa poche.

— On n'est jamais trop prudent, dit-il, tandis que le pneu arrière de la machine laissait entendre un chuintement caractéristique.

— Vous avez raison ! se contenta de répondre le policier en dégainant son arme de service. À présent, redoublons d'attention. Si nous avons affaire au *Vengeur*, il ne se laissera sans doute pas capturer sans résister.

— Bleu, tu attends mes ordres pour intervenir, recommanda Besson au labrador.

⁂

Les bras tendus vers le ciel, murmurant une prière incompréhensible, l'inconnu se tenait immobile devant une tombe surmontée d'une croix blanche.

Une tombe que Besson et Renaudot avaient identifiée, une demi-heure plus tôt, comme étant celle d'Ernestine Bertignac.

Avançant à pas de loup, le policier se plaça juste derrière l'homme au chapeau de cuir et attendit patiemment la fin de sa prière pour lui demander d'une voix aimable :

— Excusez-nous monsieur, nous cherchons la tombe d'un cousin, un certain Michel Laguillon. Il n'y a personne pour nous renseigner. Peut-être pourriez-vous nous aider ?

Comme s'il avait été frappé par la foudre, l'inconnu se retourna d'une seule pièce pour faire face à son interlocuteur.

Le mouvement fut si rapide que l'écharpe qui dissimulait la moitié de son visage laissa apparaître une blessure horrible.

Besson, qui avait pourtant soigné de nombreux mutilés de la face au cours de ses interventions sur le champ de bataille ne put s'empêcher de reculer tant le spectacle était hideux.

Sans doute la blessure avait-elle été provoquée par un éclat d'obus particulièrement tranchant, pensa-t-il, tandis que

Bleu se mettait à gronder en montrant les crocs.

L'inconnu profita d'un temps d'hésitation de l'inspecteur, pour le bousculer et s'enfuir vers la maison du gardien du cimetière.

— Stop ! hurla Renaudot en braquant son arme sur le fugitif. Au nom de la loi, je vous… !

— Bleu, à toi de jouer ! commanda Besson au labrador qui n'attendait que son ordre pour bondir.

Au même instant, alerté par les cris, le gardien du cimetière sortit de chez lui un journal à la main.

Le malheureux n'eut pas le temps de comprendre ce qu'il lui arrivait ni d'esquisser le moindre geste de défense.

Quelques secondes plus tard, il gisait à terre, un poignard planté en pleine poitrine.

— C'est notre homme ! ne cessait de hurler Renaudot en tirant des coups de feu en l'air. Besson, ne le laissez pas s'échapper ! C'est le *Vengeur*, j'en suis sûr ! On le tient !

Parvenu à l'entrée du cimetière, l'assassin enfourcha sa moto et mit aussitôt les gaz.

Il roula sur une dizaine de mètres avant de comprendre qu'il n'irait pas bien loin avec un pneu crevé.

Abandonnant la machine, il s'enfuit alors droit devant lui à travers les broussailles, suivi de près par Bleu dont les aboiements se faisaient de plus en plus féroces.

⁂

Le fuyard déboucha hors d'haleine sur la voie ferrée.

Il courait maintenant le long du ballast en se retournant de temps en temps, pour constater que Bleu se rapprochait de plus en plus.

Dans le lointain, il crut entendre une sorte de halètement sinistre suivi d'un bruit de bielles, de pistons et de ferraille.

Dans l'espoir d'échapper au labrador, le meurtrier s'apprêtait à traverser la voie, quand une énorme masse sombre vomissant un torrent de fumée, surgit tout à coup du brouillard.

En reculant, pour éviter Bleu qui s'apprêtait à lui sauter à la gorge, l'homme buta sur un rail et bascula sur la voie, au moment même où le train arrivait à pleine vitesse.

Besson qui avait assisté de loin à toute la scène ne put s'empêcher de crier pour tenter de le prévenir du danger.

Mais il était trop tard et, de toute sa puissance, la locomotive percuta le *Vengeur* de plein fouet.

Quelques secondes plus tard, le convoi de marchandises avait disparu dans un bruit d'enfer.

— Bleu, ici ! ordonna Besson au labrador alors que celui-ci tournait en gémissant autour du corps supplicié de l'inconnu.

Malgré le choc, le *Vengeur* n'était pourtant pas mort.

Tel un pantin désarticulé, il gisait maintenant à une dizaine de mètres de la voie ferrée.

Son corps n'était plus qu'une plaie sanglante, mais l'homme respirait encore.

Malgré sa répulsion, Besson, compatissant, se pencha sur lui.

— Toi et ton chien, l'infirmier, vous avez fini par m'avoir, réussit à murmurer le *Vengeur* entre deux plaintes.

— Mais comment tu… ? commença Besson.

— Tu ne te souviens pas de moi ? Allons camarade, un petit effort… Verdun… Baptiste Chambertin, du 321e… Chambertin, le fameux nettoyeur de tranchées… La terreur des Boches !

Il marqua un long moment de silence avant de reprendre, alors que l'inspecteur Renaudot s'approchait :

— C'est vrai que j'ai beaucoup, beaucoup changé… Mais…

— Ne parle pas, répliqua Besson en lui saisissant la main. Je vais aller chercher du secours. Tiens bon !

— Tu plaisantes ? Je sais que j'ai mon compte. Je vais enfin rejoindre Ernestine… Je l'aimais tellement… Personne ne devinera à quel point ! Elle était si…

Ce furent les derniers mots du *Vengeur*. Peu après, sa tête roula sur le côté et il ne bougea plus.

— On a quand même fini par l'avoir, cette ordure ! lança au même instant l'inspecteur tout en rengainant son pistolet.

Jules Besson ne répondit pas.

Il se contenta de fixer le policier de telle sorte que celui-ci, gêné, finit par baisser les yeux.

— Qu'est-ce qui se passe Besson, vous... ?

— Vous ne pourrez jamais comprendre, inspecteur. Jamais.

— Comprendre quoi ? s'insurgea le policier.

— Rien, fit Besson d'une voix lugubre. Je n'ai pas envie d'en parler... Désolé, mais ça serait trop compliqué. Bleu, on y va, ajouta-t-il après avoir jeté un dernier coup d'œil au cadavre de son ancien frère d'armes. Nous n'avons plus rien à faire ici. Vraiment plus rien.

15

La surprise de Clotilde

Quelques jours plus tard.

Jules Besson courait à l'intérieur d'un château en flammes.

À chaque fois qu'il tentait d'ouvrir une porte pour échapper à l'incendie, celle-ci, mue par un ressort invisible, se refermait brutalement.

Elle était aussitôt remplacée par des chevaux de frise, et des barbelés derrière lesquels veillaient des soldats aux visages boursouflés, et aux yeux rongés par les émanations d'un gaz mortel…

Besson tentait une nouvelle fois de trouver une issue de secours, lorsqu'il reprit brusquement conscience et se réveilla dans sa chambre à coucher.

Le corps en sueur, le cœur battant la chamade, il s'efforça de respirer lentement pour retrouver un rythme cardiaque normal.

Tournant la tête, il aperçut Clotilde dormant paisiblement à ses côtés.

Cette vision le rassura tout à fait et son cauchemar ne fut bientôt plus qu'un mauvais souvenir.

Il savait cependant qu'il aurait beaucoup de mal à se rendormir.

La fin tragique du *Vengeur*, un matin d'automne, le long d'une voie ferrée, laisserait longtemps des traces dans les mémoires. Surtout dans la sienne.

Il y avait maintenant presque une semaine que le *Vengeur* était mort.

La fouille de son modeste logement et de ses affaires, en particulier la lecture d'un cahier d'écolier, sur lequel Chambertin avait consigné son odyssée sanglante, avait confirmé toutes les hypothèses émises par Besson lors de son entrevue au commissariat avec l'inspecteur Renaudot.

Depuis la résolution de l'affaire, ce dernier avait fait la une de tous les journaux et croulait sous les félicitations de ses supérieurs.

On parlait même de lui accorder une promotion…

Besson, pour sa part, ne cessait de songer à Baptiste Chambertin.

Certes le *Vengeur* était un assassin de la pire espèce, un criminel psychotique et sans pitié, mais – et la question ne cessait de hanter Besson – Chambertin serait-il devenu ce meurtrier implacable si la guerre n'avait pas eu lieu ?

S'il avait pu vivre une jeunesse normale.

Besson repensait alors à Verdun, à ces jours et à ces nuits de terreur, passés sous le feu permanent des canons.

À ces assauts sanglants pour quelques mètres carrés de terrain conquis un jour et reperdus le lendemain.

À ces souffrances inouïes, à ces chagrins partagés par des millions d'hommes, dans la boue des tranchées, au milieu des cadavres et des rats.

À toutes ces familles éplorées par la perte d'un être cher.

À ces centaines de milliers de veuves et d'orphelins.

À ces mutilés, comme l'était lui-même Chambertin, que l'on croisait dans les rues, parfois même sans plus y faire attention, tant ils étaient nombreux.

À ces villes en ruine, à ces villages rayés de la carte, à ces terres dévastées, à ces hectares de forêts décapitées par les obus…

À ces terres gorgées d'acier sur lesquelles, plus rien n'arriverait à pousser.

Et en fin de compte, pour qui, pour quoi ?

Le *Vengeur* était le produit de cette titanesque folie, de ce gigantesque gâchis qui pendant quatre ans avait mis le monde à feu et à sang.

Cela, bien sûr, n'excusait pas son parcours démentiel, mais cela pouvait peut-être au moins l'expliquer.

Quelques minutes plus tard, Besson se leva sans bruit pour aller boire un verre d'eau.

Il enjamba Bleu qui, à son habitude, était couché au pied du lit.

Une fois désaltéré, il s'assit dans le canapé du salon.

Fouillant dans son portefeuille posé sur une tablette en fer forgé, il en sortit une photo qui ne le quittait jamais.

Une photo qu'il connaissait par cœur.

Une photo prise par lui-même, quelques jours avant l'attaque du fort de Douaumont.

Un cliché représentant des soldats crasseux, épuisés, parmi lesquels Baptiste Chambertin, entourant un magnifique chien noir…

Des hommes s'efforçant malgré tout de sourire à l'objectif et qui, depuis, étaient tous morts ou avaient été portés disparus…

Besson ne put retenir ses larmes plus longtemps en contemplant ce cliché.

Il sentit au même instant quelque chose de froid et d'humide se poser sur sa jambe nue…

Il reconnut aussitôt le museau de son fidèle labrador.

Bleu avait deviné son chagrin et était venu lui dire à sa manière :

— N’aie pas peur, ne pleure pas Jules, tu n’es pas tout seul. La guerre est terminée. Je suis là. Clotilde est là. Nous t’aimons si fort. Plus que tout au monde. Aie confiance. Nous allons t’aider à réapprendre à vivre… Tu finiras par oublier…

En se levant, pour se rendre à son travail, Clotilde fut étonnée de trouver une couche vide à son côté.

Légèrement inquiète, elle se dirigea à pas feutrés vers la cuisine.

Elle se rassura très vite en découvrant Besson, un sourire aux lèvres, endormi sur leur nouveau canapé en compagnie de Bleu.

Tous deux avaient l’air si loin, tous deux avaient l’air si bien, que la jeune femme décida d’attendre encore un peu avant de les réveiller…

Des livres pour en savoir plus sur la Grande Guerre

- *Les Croix de bois*, de Roland Dorgelès.
- *À l'ouest rien de nouveau*, d'Erich Maria Remarque.
- *Verdun*, de Georges Blond.
- *La grande bataille dans les airs 1914-1918*, de Marcel Jullian.
- *Le Feu*, d'Henri Barbusse.
- *La Peur*, de Gabriel Chevallier.
- *Vie des martyrs*, de Georges Duhamel.
- *Nungesser l'as des as*, de Marcel Jullian.
- *La Grande Guerre 1914-1918*, de Marc Ferro.
- *Ceux de 14*, de Maurice Genevoix.
- *Guynemer*, de Jules Roy.
- *L'Équipage*, de Joseph Kessel.

Plus de 80 musées traitent de la guerre 14-18, parmi lesquels :

- **Le Musée Mémorial de Verdun**, à Fleury-devant-Douaumont.
- **Le Musée du fort de Vaux**, à Vaux-devant-Damloup.
- **Le Musée militaire** du fort de Douaumont.
- **Le Musée et le wagon de l'Armistice**, à Compiègne.
- **Le Musée de l'Armée**, à Paris.
- **Le Musée de la citadelle militaire** de Verdun.
- **Le Musée de la Voie Sacrée**, à Souilly.
- **Le Musée de la Première Guerre mondiale**, à Varennes en Argonne.
- **L'Historial de la Grande Guerre**, à Péronne.
- **Le Musée du fort de la Pompelle**, à Reims.

Repères chronologiques

- **3 août 1914 :**
  L'Allemagne déclare la guerre à la France.

- **Septembre 1914 :**
  Bataille de la Marne.

- **21 février 1916 :**
  Début de la bataille de Verdun.

- **Avril 1917 :**
  Entrée en guerre des États-Unis.

- **11 novembre 1918 :**
  Signature de l'Armistice en forêt de Compiègne.

- **28 juin 1919 :**
  Traité de Versailles signé entre les Alliés
  et l'Allemagne dans la galerie des Glaces.

Le bilan de la guerre de 14-18

On estime que cette guerre, outre des destructions considérables, a causé 8 millions de morts, plus de 20 millions de blessés, sans compter les séquelles psychologiques éprouvées par des milliers d'autres, incapables de reprendre une vie normale après la fin des hostilités.

Du même auteur

Aux Éditions Serpenoise

Bleu, chien soleil des tranchées
(Prix de l'aventure humaine 2005
de la ville d'Aumale)

Bleu, les années feu
(Prix de la ville de Coulommiers 2002
"Guerre de 14-18")

Bleu, le silence des armes

Bleu, le Fantôme de 23 h 17

Bleu, la dernière cible

La Balle rouge
(Mention spéciale du Prix de la FNASOR 2001
"Mémoire et Déportation")

Un ami tombé du ciel (illustrations Régis Hector)
(Prix du roman jeunesse
de la ville d'Asnières 2003)

Les Étoiles d'Omaha

6 juin 1944 : objectif Normandie
(illustrations Régis Hector)
(Ouvrage traduit en anglais)

Le Monstre d'acier
(Prix Jeunesse « Histoire et témoignages » 2005
de la ville de Meaux)
(Prix Jeunesse 2005 de la ville d'Aumale)

Verdun, l'enfer et la gloire
(illustrations Régis Hector)

La Lorraine sous la botte
(illustrations Régis Hector)

La banquise a croqué le Chat noir
(Prix littéraire des Vosges
du Jeune lecteur 2006)

Les Yeux du blockhaus

Les Neiges de l'enfer
(Prix du Jeune lecteur Raconte-moi
l'Histoire 2008)

Chance, les ailes de la liberté
(Prix Jeunesse 2009 de la ville d'Aumale)

Contes de toutes les couleurs
(illustrations Régis Hector)

BD en collaboration avec Régis Hector

Les Aventures de Loufock Scholmes

- *Le Mystère des feuilles mortes*

Les Aventures d'Oscar et Mauricette

- *Les Disparus de Verdun*
- *Symphonie achevée en sol mineur*
- *Une mamie d'enfer !*
- *À la place de Stan'*
- *Racket sur fond de court !*
- *Terreur à Gérardmer*
- *Bulles de match !*

- *Dans le feu de l'action*
- *Traquenard à Grande Vitesse*
- *Des balles et des bulles*
- *Menace sur la Louvière*
- *Embrouille au Kalimanga*

Aux Éditions les 3 Orangers

Nuits élastiques

Scot et Patrick Bousquet

- *Félin pour l'autre !*
- *Même les souris ont du chagrin !*
  (Prix François Théodule d'Aubigny 2006
  décerné par l'Académie Vétérinaire de France)

Aux Éditions le Verger des Hespérides

Un croissant de lune dans un bol de café noir

Les Aventures de l'inspecteur Scot Lechat

- *Le Mystère ô combien mystérieux du trésor disparu*
- *Le Mystère ô combien mystérieux du distributeur automatique de billets*
- *Le Mystère ô combien mystérieux du mur qui avait des oreilles*
- *Le Mystère ô combien mystérieux du clown qui avait perdu son sourire*

- *Le Mystère ô combien mystérieux du train fantôme*
- *Le Mystère ô combien mystérieux du hold-up du 36 janvier*

Contes de Joyeux Noël

- *La Barbe du Père Noël*
- *Le Bon Sapin de Noël*

Chez d'autres éditeurs

Mille ans de frissons (collectif Éditions Milan)

Héros du Jour J (Éditions Orep)
(illustrations Régis Hector)
(Ouvrage traduit en anglais)

Le corbeau qui avait peur de voler
(Éditions du Pré du Plain)

Le Ballon Soleil (Éditions du Pré du Plain)

Au lit petit dragon !
(Éditions Hachette / 2 Coqs d'Or)

Croc' Notes (recueil de comptines chantées pour les Maternelles) (Éditions Sed)

Imprimé par Inter'Print à Marly (57)

Dépôt légal n° 09120120 - 4e trimestre 2009